너에게 배운 예를 들면 고구마를 대하는 자세

KB191993

너에게 배운
예를 들면
고구마를
대하는
자세

우주 오프닝

은하수에서 만나
서로를 알아본 한 사람과 작은 개는
토성을 닮은 우스꽝스러운 비행선을 타고
단짝이 되고 가족이 되어
찬란한 긴 여행을 하고 있었다.

그러나 아득한 우주의 시간에서
사람과 개가 함께하는 시간은 찰나와 같아서
사람이 눈치채지 못한 사이
어느덧 개는 긴 여행을 마무리 짓고자 했고
언젠가 먼저 우주선에서 내려야 했다.

함께하는 시간을 늘려 보려
있는 힘을 다해 애쓰는 사람과
여전히 용감하고 씩씩한 작은 개.

우리에게 남은 시간을 어떻게 보내야 할까.
너와 보낼 남은 여행은 어떤 의미일까.
언젠가 네가 떠나고 홀로 남은 나는
무한의 우주 속, 그 허무하고 텅 빈 시간을
어떻게 견뎌야 할까.

이 책은 그 해답을 찾아가는 과정이다.
사람과 작은 개의 우주 여행은
지금도 계속되고 있다.

우리는 어디든 갈 수 있어. 그치?

「버디 무비」 중에서

교감

뭉게와 살면서 신기한 경험들을 많이 했다. 특히, 하품이 옮는다던지 눈을 깜빡이는 속도를 따라 한다던지 하는 교감 말이다. 이건 직접 경험해 보지 않으면 알기 어려운 감정일 것이다. '우리가 지금 연결되어 있구나'라는 느낌.

뭉게와 나는 다른 모습으로 태어났지만 함께 살며 감정과 감각이 연결되었다. 과학적으로 하품이 옮는 이유는 뇌에서 공감 신경을 담당하고 있는 거울 뉴런의 작용이라고 하는데, 낯선 사람보다는 친밀한 관계에서 일어나기 쉽다고 한다. 깊게 신뢰하는 사이는 서로를 거울처럼 반사한다는 것이다.

내가 먼저 '하암' 하고 못생기게 하품을 하면 뭉게가 몇 초 뒤 '하웅'하고 귀여운 하품을 한다. 내가 뭉게와 마주 보고 눈을 끔 벅끔벅 졸린 시늉을 하면 뭉게도 따라서 눈꺼풀이 무거워지다 이내 눈을 감는다. 그러다 내가 눈을 번쩍 뜨면 같이 눈을 동그 랗게 뜬다.

가슴이 벅차고 경이로운 경험이다.
말로는 다 설명하기 어려운 벅찬 순간들이다.

작은 행복

하루하루 견디듯 살아간다고 생각한 적이 있었다.
인간은 태어나는 순간 고난이라고 생각했다.

하지만 뭉게를 보고 있으면
어쩌면 내가 무언가 불확실하고 대단한 것을
바라며 살고 있는 건 아닐까 하는 생각이 든다.

언젠가 소설가 무라카미 하루키의 수필집 제목에서 기원한 '소확행(작지만 확실한 행복)'이라는 줄임말이 한동안 유행한 적이 있었다. 나는 당시에도 소확행의 의미를 이해하고 체감하기 힘들었다.

하지만 뭉게는 누구보다 그 의미를 잘 아는 것 같다. 뭉게는 작지만 확실한 행복을 즐길 줄 아는 무라카미 하루키급 신사이기 때문이다. 예전보다 떨어진 기력 때문에 거의 누워 있는 뭉게가 산책이라는 말 한마디에 귀를 쫑긋 세우고 순식간에 몸을 일으키는 것은 늘 신기한 일이다.

요새 나는 나이 탓인지 예전에는 잘 먹지도 않던 제철 과일에 빠져 있는데 먹고 있다가 보면 어느새 뭉게가 다가와 앞발로 내 팔을 툭툭 친다. 자두를 조금 얻어 먹고 세상을 다 가진 것처럼 행복해 하는 뭉게를 보며 나도 닮고 싶다고 생각했다.

춤

나의 사랑을 어떤 문장과 단어로 표현할 수 있을까. 따
내가 할 수 있는 언어는 한국어와 일본어,
그리고 약간의 영어와 프랑스어인데 그 언어들과
가지고 있는 표현들을 다 합쳐도 나의 사랑을
다 표현하긴 힘들 것 같다.

내 사랑을 구태여 표현하자면 이런 느낌이다.
나는 오늘도 뭉게를 조심스레 꼭 껴안고 볼을 부비고
온몸에 입을 맞추고 빙글빙글 돌며 춤을 춘다.
눈에 너를 가득 담고 내가 알고 있는 모든 언어로
너를 사랑한다고, 사랑한다고 말한다.

벚꽃 놀이

매년 봄이 되면 벚꽃과 함께
뭉게 사진을 찍는 게 연례행사 같은 일이었는데
비가 내려서 이번 벚꽃은 짧았다.

뭉게와 함께 매년 벚꽃을 즐기다 보니
어느 순간 길에 떨어진 꽃잎 더미도
아름답다 느낄 수 있는 여유를 알게 되었다.

올해도 함께여서 썩 괜찮은 봄이었다.

뭉게가 바쁘다

뭉게가 요새 바쁘다.
원래는 밤이 되면 나와 여동생 사이에 발을 뻗고 잤는데
요새 여동생이 허리 통증 때문에 다른 방에서 자게 되면서
뭉게는 여기저기 옮겨 다니며 잠을 잔다.

엄마와 아빠 발 사이에서 쿨쿨
작은누나 방에서 쿨쿨
그리고 늦은 시간까지 일을 하고 겨우 누운
내 곁에서 쿨쿨.

좋은 아침 뭉게야.
좋은 냄새 뭉게야.

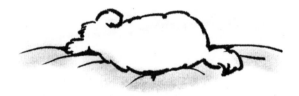

아침, 눈을 떴을 때
부드럽고 따뜻한 털 뭉치가
코를 간지럽힐 때의 행복감.

처세

가끔 나의 처세에 깜짝 놀랄 때가 있다.

제멋대로인 괴팍한 어른이 되고 싶은 것은 아니지만
이렇게까지 주변 눈치를 살피거나 행동하고 싶은 건
아닌데 가끔 과하게 나를 죽일 때가 있다.
왜 그렇게까지 과한 겸양을 떨고
나 자신을 깎아내렸을까.

당당히 자기주장을 굽히지 않으면서도
함께 있는 이를 기분 좋게 하는 뭉게를 닮고 싶다.
서른다섯 인간이 열다섯 말티즈에게 배워야 할 점은
이것 말고도 많다.

꼬질

당당

뭉게를 보고 있으니 마음이 편안해졌다.
뭉게는 늘 그렇게 우리를 위로한다.

「마음의 준비」 중에서

좋은 카메라

기왕이면 좋은 카메라로
너를 담고 싶다고 생각했다.
순간순간 놓치고 싶지 않은 너를 보며
나의 주머니 사정이 원망스러울 때도 있었다.

하지만 어떤 카메라 렌즈도
너의 모든 걸 담을 수 없다는 사실을 알고 있다.
반짝이는 눈, 벌름거리는 코, 따스한 콧김, 보드라운 털
그리고 고소하고 기분 좋은 냄새까지.

그러나 나의 마음과는 달리 뭉게는 늘 이런 식이다.
(뭉게는 카메라 렌즈를 싫어한다.)

그래, 차라리 내 눈에 너를 가득 담자.
너의 시간을 내 품에 가득 담자.
좋은 카메라가 아닌 신형 핸드폰이 아닌
내 마음에 너를 기록하자.

빈자리

내가 일하고 있을 때
뭉게는 자주 내 방에 찾아오거나
문 앞에서 기다린다.

오늘도 어김없이
내 방 앞을 찾아온 뭉게.
한참을 바라보다
동그란 궁둥이를 보여 준다.

요새는 뭉게가 잠이 깊어서
내가 방에 있는 것을
눈치채지 못할 때가 많다.

그럼 나도 모르게
문밖 빈자리를 수시로 바라보다,

어딘가에서 납작 누워 쉬고 있을
뜨끈한 사랑덩어리를 찾아 나선다.

나는 비가 들이치는 문밖으로
보이는 풍경이 좋았다.
투둑투둑 지붕을 치는
빗방울 소리를 듣는 일도,
비 오는 날 나는 특유의
젖은 흙내음도 좋았다.
그 모든 순간이
뭉게와 함께여서 더 좋았다.

「비 오는 날」 중에서

첫 만남

뭉게와의 첫 만남은 강렬했다.

2008년 2월, 엄마의 오랜 지인인 율리아 아주머니 댁에 살던 말티즈 삐삐가 강아지 두 마리를 낳았다는 소식을 들었다. 당시 엄마가 하얀색 찹쌀떡 두 덩이가 꼬물거리는 저화질의 사진을 "너무 귀엽지?" 하며 보여 줬는데 나는 별 감흥 없이 대충 대꾸했던 기억이 난다. (그리고 그 사진을 이젠 어디서도 찾을 수 없어서 평생 후회하게 된다.)

나는 당시 유학 중이라 일본으로 돌아갔는데 몇 달 후, 엄마의 신나는 목소리와 함께 우리 집에 강아지가 살게 되었다는 소식을 듣게 되었다. 만약 엄마가 먼저 내 의견을 물었다면 나는 반대했을 것이다. 우리 집은 강아지와 함께할 여유가 없다고 생각했기 때문이다.

당시 우리 집은 눈에 띄게 가세가 기울고 있었다. 베이비부머 세대의 아빠는 오십 초반의 나이에 회사에서 떠밀리듯 퇴직당한 상태였고 동생들은 중고생, 나는 집에서 보내 주는 학비 외엔 지원이 끊긴 가난한 유학생이었다.

그런데 우리 집에 강아지라고? 엄마가 너무 가볍게 생각한 거 아닌가 생각했다. 하지만 지금 생각하면 만약 그때 뭉게를 데려오지 않았다면 우리 집은 아마 진작에 여러 면으로 무너졌을 것이다.

뭉게는 태어난 지 5개월 즈음, 꽤 성장한 채로 우리 집에
오게 되었는데, 이유는 엄마 젖을 너무 많이 먹는 바람에
엄마 몸이 축나고 남매견 이쁜이는 점점 말라가서였다
고 한다. 나는 바로 비행기표를 끊어 한국으로 돌아와 뭉
게와 처음으로 대면하게 되었는데, 태어난 지 몇 개월 안
된 꼬물이 강아지를 상상하고 현관문을 연 내 눈앞에 보
이는 건 강아지용 안전문 안에서 나를 보고 맹렬히 짖는
커다랗고 흰 털 뭉치였다.

"뭐야? 강아지 맞아?"

당황한 나의 첫 마디와 함께, 엄마가 안전문을 활짝 열었
다. 뭉게는 1초 만에 뛰어와 날 소파에 앉히고 내 얼굴을
마구 핥았다. 강렬한 첫 인사였고 나는 그 털 뭉치와 사랑
에 빠졌다. 그날 이후, 방학만 되면 한국으로 날아와 뭉
게와 함께 시간을 보냈다. 일본에서 공부를 마치고 현지
취업을 하지 않고 귀국한 가장 큰 이유도 뭉게와 함께 살
고 싶어서였다.

아니
왜이리커

뭉게는 강아지다운 사고(?)를 많이 쳤는데, 그중 기억에
남는 것들은 명절 세뱃돈 훔쳐서 찢어 놓기, 고가 이어폰
씹어 놓기, 식탁에 점프해 올라가 떡볶이 몰래 먹기, 팥
빵 훔쳐서 집 안 곳곳에 숨겨 두기, 거실에 쓰레기 봉지
뜯어 펼쳐 놓기 등등 그 종류도 다양했다.

그런데 정말 신기하게도 화가 안 났다. 당황스러운 상황
을 싫어하고 내 물건에 대한 집착이 강한 나로선 정말 신
기한 경험이었다. 뭉게는 무엇을 해도 예쁘고 웃기기만
했다. 나뿐만이 아닌 우리 가족 모두가 그렇게 느꼈다.
뭉게는 영원한 우리 집 사고뭉치이자 웃음을 주는 보물
이다.

나갈 준비

뭉게는 내가 나설 채비를 하면 함께 나갈 준비를 한다. 일단 화장실에서 용변을 보고 나와 발 매트에 발을 싹싹 닦고, 물을 찹찹 들이켜고 외출옷이나 산책용 목줄을 찾는다. 뭉게는 "집에 있어~"나 "뭉게가 집 지키고 있어 알았지?"라는 말을 가장 싫어한다. 바로 화를 내며 코로 "삐~~~" 울고 "왕!" 하고 짖는다.

지금은 나이가 들어 많이 느려지고, 함께 나갈 준비는 하지 않지만 내 발을 졸졸 따라다니며 현관 앞 중문까지 종종 따라온다. 여전히 사랑스럽고 귀엽고 외출을 좋아하는 뭉게.

← 나가려고 씻음

누나가 외출준비 하는걸 눈치챔

참참

수면 법칙

뭉게는 요새 거실에서 잠들곤 한다. 그러면 나는 뭉게에게 담요를 덮어 주는데 반드시 잠이 오고야 만다는 강아지 냄새 어쩌구 수면 법칙에 따라 나도 모르게 어느새 함께 쪼그려 누워 쪽잠을 자는 일이 많아졌다.

잘 자네...

9월 22일

9월 22일 수요일 오후 5시,
밀린 작업을 하러 작업실에 가려는데
하늘이 너무 예쁘고 바람이 시원했다.

엄마! 묽게 산채온비좀
해줘, 바로 데리고 나가게

나오길 잘했다.
오늘만 있는 바람, 공기

내 팔 안에 오늘의 뭉게 구름 한 조각.

그래, 차라리 내 눈에 너를 가득 담자.
너의 시간을 내 품에 가득 담자.
내 마음에 너를 기록하자.

「좋은 카메라」 중에서

가출

이 이야기는 지금 생각해도 아찔하다. 뭉게를 영영 잃어
버릴 뻔했던 잊지 못할 사건이기 때문이다. 뭉게가 6살
정도 되었을 무렵, 이사를 간 집에서 아빠가 가구를 옮기
다 잠깐 열어 둔 현관 사이로 뭉게가 나가 버린 것이다.
평소에도 밖을 나가고 싶어 하는 뭉게 때문에 현관에 최
우선으로 안전 울타리를 달아 놨지만, 옆에 쌓아 둔 이삿
짐을 밟고 뛰어넘은 것이다.

나는 귀국 후, 취업을 위해 영어 학원을 다니고 있었는데
집에 도착하자 아무도 없고, 이상할 정도로 집이 조용했
다. 설상가상 휴대폰 배터리까지 나가 연락도 할 수 없었
다. 거실에 산책 줄도 하네스도 그대로 있었다. 안 좋은
예감이 들어 정신없이 밖으로 뛰쳐나갔는데 천천히 차
를 몰며 뭉게를 찾는 아빠와 만났다. 나는 아빠를 원망하
며 노려보았고 아빠는 말없이 고개를 떨궜다. 지금도 그
때 아빠의 표정을 잊을 수 없다. 엄마도 직장에서 급하게
오고 있는 중이라고 했다. 뭉게 가출 추정 시간에서 이미
3시간이 경과된 뒤였다.

나는 눈물 콧물이 범벅이 되어 미친 듯이 뛰었다. 뭉게가 갔을 것 같은 동네 놀이터, 상점, 편의점, 학교 경비실 등 가는 곳마다 뭉게의 생김새와 전화번호를 남겼다. 작은 동네를 이리저리 샅샅이 뛰어다녔지만 어디에도 뭉게는 없었다.

그때 '강아지는 길을 잃으면 무조건 언덕 위로 올라간다'는 말이 머리를 스쳤다. 진위 여부는 확인할 수 없었지만 나는 무조건 우리 집 언덕길 너머에 위치한 아파트 단지로 뛰어갔다. 그리고 그곳 경비 아저씨에게 달려가 물었다.

"아저씨 강아지, 작은… 못 보셨어요?
  희고… 혹시 못 보셨어요?"
"학생 일단 진정해요."

당시 잘 기억이 나지 않지만 내가 다시 경비실을 나가려고 하자 아저씨가 급히 내 어깨를 잡으며 말했다.

"학생 내가 봤어, 강아지.
  흰색 이만치 작은 개, 복슬복슬하고."

분명 뭉게가 틀림없었다. 나는 그 자리에 서서 엉엉 소리 내어 울고 말았다.

뭉게는 아파트 앞 큰길에 세워진 차 사이를 왔다 갔다 하고 있었다고 한다. 아저씨가 차에 치일까 걱정이 되어 아파트 단지 안으로 불렀지만 아저씨를 보고는 경계하며 차 밑으로 숨었다는 뭉게. 그러다가 한 시간 정도 뒤에 보니 어떤 아가씨를 따라 단지 안으로 들어가길래 저분이 가족이구나 생각했다는 것이다.

그런데 또 몇 시간 뒤에 보니 이번엔 단지 내 놀이터에서 아이들과 놀고 있었다고 했다. 그중 한 아이가 낑낑대며 강아지를 안고 와 데려가도 되냐고 묻길래 가족이 없는 애면 데려가고, 혹시 모르니 여기 전화번호는 남기라고 했다는 것이다. 아저씨는 아이 이름과 전화번호가 적힌 쪽지를 건네주셨다. 나는 아저씨에게 전화를 빌려 엄마에게 연락을 했고, 엄마는 단박에 뛰어와 쪽지에 적힌 번호로 전화를 걸었다.

몇 분 뒤, 실망스런 표정으로 고개를 푹 숙인 작은 여자아이가 뭉게를 안고 천천히 걸어오는 것이 보였다. 뭉게는 고작 몇 시간 같이 보낸 아이가 새 가족인 것마냥 품에 안겨서 꼬리를 살랑살랑 흔들고 있었다. 나와 엄마는 뭉게를 끌어안고 울었다. 웃으면서 울었다. 머리는 산발이 되어서는 아주 기괴하게. 아마 내 인생에서 가장 우스꽝스러운 울음이 아니었을까.

그렇게 뭉게는 안타깝게도 장장 4시간에 걸친 가출에 실패하였고, 따뜻한 고급 아파트에서 살 기회를 잃었다. 그리고 웃풍이 부는 낡은 주택으로 다시 돌아오게 되었다. 그날 이후, 우리 가족은 보안을 더 철저히 하고 반성하며 살고 있다. 아무리 생각해도 그 일은 천운이었고 따뜻한 이웃들의 도움이 있었기에 가능한 일이었다.

수많은 아이들이 길에서 발견된다. 그중에는 나쁜 인간들에게 버려진 아이들도 있겠지만, 뭉게처럼 한순간의 실수나 사고로 잃어버린 아이들도 있을 것이다. 길을 잃은 강아지, 고양이, 모든 소중한 생명들이 어서 빨리 애타게 찾고 있을 가족 품으로 돌아가기를, 버려진 아이들도 따뜻한 새 가족을 찾기를 오늘도 진심으로 바란다.

나도 줘1

내가 다이어트를 위해 먹기 싫은 샐러드를 깨작깨작 씹고 있으면, 어느새 뭉게는 신이 나서 내 옆에 자리를 잡고 풀 한 장만 달라며 내 팔을 툭툭 친다.

나는 뭉게가 채소를 먹는 소리가 경쾌하고 귀엽다. 사람이 음식을 먹을 때 내는 소리는 듣기 싫은데, 왜 뭉게가 음식을 먹는 소리는 귀엽고 사랑스러운지 모르겠다. 그것도 개들의 특수 능력인 듯하다.

사랑하게 될 거야

(온앤오프 · 사랑하게 될거야 中)

황현 작가님이 쓰고, 온앤오프가 부른 곡 '사랑하게 될 거야'를 듣고 그린 그림이다. 혹시 뭉게는 나와 만나기 전부터 이미 나를 알고 있었던 건 아닐까? 오래전부터 나를 만나길 기다려 왔던 것은 아닐까. 우리의 만남은 혹시 저 먼 강아지 별에서부터 정해져 있던 운명 같은 것은 아닐까 상상했다.

'우리 둘은 사랑하게 될 운명이었을 거야. 날 단숨에 알아보고 그렇게 찾아온 게 분명해. 그렇지 않고서는 만나자마자 동그란 두 눈을 맞추고, 축축한 코를 기분 좋게 벌름거리며 사랑이 가득한 뽀뽀를 해 줄 리가. 나를 이렇게 가득 사랑해 줄 리가.'

침대에서 달린다

뭉게는 항상 침대에서 달린다.

올라가서 달릴 땐 용감하지만 내려오는 건 무서운 제멋대로 왕자님. 뛰어내리지 말라고 강아지용 계단을 둬도 가끔은 혼자 점프해서 내려올 때도 있기 때문에 뭉게는 기분에 따라 다르게 행동하는 것 같다.

어느 날은 '오늘은 누나나 엄마 불러서 내려 달라고 해야지' 하고 나를 멍멍 부르고, 어느 날은 '신난다!(펄쩍)'이런 식인 것이다. 지금은 뭉게의 관절이 많이 약해져서 침대에서 뛰거나 높은 곳에서 뛰어내리지 못한다.

침대에서 영원히 달릴 것 같았던
뭉게의 사소한 습관도 오래오래 기억하고 싶다.

주문을 외고 있다.
내 10년을 줄 테니, 넌 5년만 더 살아 줘.
사실은 전부 줄 수도 있는데…….

「드리겠어요」 중에서

빈백 소파

여동생의 자취방엔 방 크기에 어울리지 않는 커다란 빈백 소파가 있었다. (왜 과거형이냐 하면 너무 크고 몸이 늘어져서 지금은 결국 당근에 팔았다.) 좋은 카페에서나 봤던 빈백 소파는 정말 편했는데 내가 그곳에 앉아 있으면 항상 뭉게가 날 엉덩이로 서서히 밀쳐 결국 나는 옆으로 굴러 떨어졌다. 뭉게는 여동생 집에 놀러 갈 때마다 그 소파를 전용 방석처럼 썼다.

진짜 웃기는 애다.

귀엽다

나는 뭉게가 서 있는 게 귀엽다.
그냥 서 있으면 귀엽다.
까맣고 동그란 눈이
촉촉한 코가
지저분한 털이 귀엽다.

나는 뭉게가 누워 있는 것도 귀엽다.
발바닥의 뜨끈한 꼬신내가
발을 만지면 싫어하는 모습이
코에 뽀뽀하면 낼름거리는 혀가 귀엽다.

뭉게는 나를 보면 무슨 생각을 할까?

스르륵

서로의 눈만 봐도 통하는 게 있다.
뭉게는 뭉게의 방법으로 나에게 말을 걸어오고
나는 나의 방법으로 뭉게에게 대답을 한다.

으쌰

영차

뭉게도 알겠지? 내 마음을.

그럴 거라 믿어.

순간

뭉게와 함께 있다 보면
순간순간 사진을 찍을 수 있는
카메라나 핸드폰을 가지고 있지 않을 때가 많아서
두 눈 가득 뭉게를 담다가도
그 순간을 뚝 떼어 남겨 놓지 못하는 것이 슬프다.

나는 매일이 행복하고 또 슬프다.
요즘 나는 뭉게와 함께 있으면 그렇다.

그렇지만 변하지 않은 것들이 더 많다.
손을 가져다 대면 얼굴을 비비는 것,
택배 박스를 개봉할 때
제일 먼저 와 있는 호기심 대장,
이제는 지병 때문에 많이 먹지 못하는
고구마에 대한 열정,
누군가의 얼굴이 가까우면
뽀뽀해 주는 것
그리고 서로를 많이 아끼고 사랑하는 것.
중요하고 소중한 것들은 변하지 않았다.

「변했다」 중에서

애정 표현1

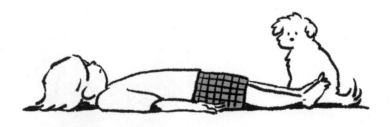

나는 거실 바닥에 누워 있는 것을 좋아한다. 아니 그냥 밥 먹을 때를 제외하면 대부분 누워 있다고 보면 된다. 바닥이든 침대든 말이다. 그래서 종종 뭉게의 호기심 타깃이 되곤 한다.

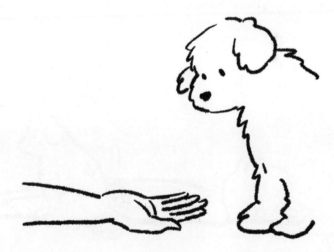

그러다 재미있는 사실을 하나 발견했다. 내가 손바닥을
위로 하고 누워 있으면 뭉게가 내 손바닥 위에 작은 엉덩
이를 올려 앉는 것이다.

나는 그게 뭉게만의 애정 표현이라고 생각한다.

위로

그러고 보니 뭉게는 미디어에서 접한 많은 강아지들의 위로 방식처럼 가족이 힘들어 할 때 흘리는 눈물을 핥아 주거나, 발을 동동 구르며 안절부절못하는 행동은 하지 않는 것 같다.

내가 힘든 걸 아는지 모르는지 어느새 무심하고 냉정한 표정으로 다가와 '빨리 나 여기 긁어 줘'나 '만져 줘'라는 느낌으로 툭툭 무언가를 요구한다. 그리고 그게 시원치 않았을 때, 그다음 순서로 기꺼이 뽀뽀를 해준다.

차가운 도시 남자 뭉게는 늘 뭉게만의 방식으로 나를 위
로한다. 그리고 나는 그 위로가 아주 잘 먹히는 편이다.

깨우러 간다

내 침대 옆에 강아지용 계단이 놓여 있었을 때, 뭉게는 아침마다 친히 날 깨우러 왔다. 아침에 약한 내가 일어날 때까지 얼굴을 핥다가, 옆에 자리를 잡고 누워 자다가, 그렇게 시간을 보내다 내가 일어나서 아는 척을 하면 또 푸드득 몸을 털고 다른 할일을 하러 떠났다. 정말 하루 스케줄이 바쁜 강아지였다.

지금은 뭉게의 아침잠이 길어져서, 반대로 내가 뭉게를 깨우러 간다. 그럼 뭉게는 부스스한 얼굴로 뽀뽀를 해준다.

우리가 서로의 아침을 깨우는 시간이
조금 더 길기를 바란다.

나이

사람들은 개의 나이를 사람의 나이로 빗대어 규정짓곤 한다. 개 나이 다섯 살이면 사람 나이 서른 살이라던지 하는. 나는 그 셈법에 조금 의문을 가지고 있어서 누군가 뭉게의 나이를 사람 나이로 빗대 물으면 딱히 대답하기가 어렵다. 뭐든 인간 기준으로 이해하려는 것을 되도록 피하고 싶기 때문이다.

뭉게가 사람 나이와 같다면 지금 중학생일 것이다. 그리고 내년엔 고등학교에 입학하겠지.

나도 줘2

엄마와 동생이 해외 여행을 갔을 때, 나는 여차하면 바로 동물병원으로 달려갈 수 있는 동생 집에서 며칠 뭉게와 지내게 되었다. 동생 방엔 커다란 빈백 소파가 밥 먹는 테이블에 바짝 붙어 있었는데, 뭉게는 그곳을 킬리만자로의 표범처럼 산을 등반하듯 올라가 내가 먹고 있는 음식들에 조금씩 서서히 다가온다.

나는 TV를 보며 음식을 먹다가 뭉게 코가 음식에 닿으려고 하는 순간 알아채고 저지한다. 사냥에 실패한 뭉게의 분노. 떠올리면 웃음이 난다. 행복한 기억과 추억이라는 게 바로 이런 순간들이 아닌가 싶다.

나의 숨

네가 없는 나.

웃을 일이 너 하나인데 슬픈 일도 너 하나.

네가 없는 세상에 남겨진 나를 상상해 보곤 해.

나는 모든 단어를 잃어버릴 것 같아.
알고 있는 모든 말들을 잃어버릴 것 같아.

너를 사랑한 만큼
나의 현재와 과거와 미래의 모든 시간들이
의미를 잃을 것만 같아.

나의 숨아.

넌 날 사랑하게 될 거야.
난 너의 전부가 되고 말 거니까.
좀 더 지나 보면 알 거야.
이름조차 없어져 버린 전혀 다른 별에서
잃어버린 너를 찾아 긴 여행을 온 기분.

「사랑하게 될 거야」 중에서

멍개

어느 날, 뭉게와 산책 중의 일이다. 저 멀리 다른 개가 산책하고 있는 걸 보았다. 뭉게는 사회성이 없기 때문에 나는 일부러 기둥 뒤로 돌아가는 길을 택했다. 그런데 그만 코너에서 그 개와 맞닥뜨리고 만 것이다. 아마 그쪽도 우리를 피해 일부러 이쪽으로 온 것 같았다.

아무것도 모르던 뭉게는 순간 놀라 점프를 했고, 나는 곧 뭉게가 짖을 거라 생각하며 마음의 준비를 했다. 그 순간 예상치 못한 상대 강아지의 선제공격! 그런데 맞서 짖을 줄 알았던 우리 여포 뭉게가 멍한 얼굴로 멀뚱멀뚱 쳐다보기만 하는 게 아닌가.

뭉게는 이후에 집에 돌아와서도 한동안 멍했다. 그리고 산책 직후 찍었던 사진을 보니 코에는 콧물이 눈에는 눈물이 고여 있었다. 평소 같으면 먼저 짖었을 뭉게가 멍해진 걸 보고 있으니 안쓰럽기도 하면서 너무 웃겼다.

미완의 나

뭉게에게 응급 상황이 왔고
다행히 회복을 했지만
앞으로 이 작은 몸의 털 뭉치가
견뎌야 할 산이 크고 높게 느껴졌다.

뭉게가 병원에 입원해 있는 동안
나는 거의 유체 이탈 상태로 지냈다.
몸은 앉아 있는데 머릿속은 붕 떠 있었다.

나는 하늘 높이 날아서
입원 중인 뭉게 곁에 가 있거나
더 높이 떠올라 검은 공간에 머물러
또다른 나를 바라보고 있었다.

나는 평소처럼 말하고
잠을 자고 웃기도 했지만
동시에 그런 나를 우주에서 지켜보았다.

어쩌려고 이렇게 껍데기만 남은 미완성으로
기억에도 남지 않을 의미 없는 말들을
떠들어 대는지 그 모습이 우습기만 했다.

뭉게는 입원 4일째가 되자,
지겨워졌는지 아침부터 맹렬히 짖기 시작했다.
그리고 집으로 돌아와 통원 치료를 하게 되었다.
뭉게의 목적이 달성된 것이다.

집에 오자마자 시원한 물을 두 사발 마시고
드러누워 쿨쿨 잠든 뭉게를 보며

미완의 초라한 내가, 완벽한 너를
많이, 아주 많이 사랑한다고 말했다.

고구마, 약

뭉게는 신부전 때문에 칼륨 수치가 높아서 그렇게 좋아하던 고구마도 맘대로 먹을 수 없게 되었다. 대신 고구마를 잘게 썰어 물에 장시간 담궈 두면 칼륨을 어느 정도 제거할 수 있다고 해서 약 먹을 때만 가끔 주고 있다.

물을 여러 번 갈아 가며 칼륨을 뺀 고구마는 아마도 맛이 정말 없을 것이다. 그럼에도 뭉게는 맛없는 고구마를 정말 잘 먹어 준다. 고구마를 썰 때는 칼륨 성분이 잘 빠지도록 잘게 자르는 게 좋은데 나는 칼질이 서툴러서 모양이 제멋대로다. 어차피 약과 합쳐 둥글게 경단을 만들어 주지만, 왠지 정성을 다하지 못하는 느낌이라 아쉽다.

알약이
들어있다

뭉게에게는 뭐든 정성을 다하고 싶다.

나는 매일이 행복하고 또 슬프다.
요즘 나는 뭉게와 함께 있으면 그렇다.

「순간」 중에서

비 오는 날

상가형 주택 2층이었던 우리 집은 거실 한편에 너른 쪽마루로 나갈 수 있는 문이 있었다. 서향의 내리꽂는 햇빛을 직통으로 받은 이 나무문은 페인트가 온통 벗겨져 있었고, 문을 열면 틈투성이인 나무틀의 허술하고 삐걱거리는 방충문이 있었는데 비가 들이치는 구조였다.

나는 비가 들이치는 문밖으로 보이는 풍경이 좋았다. 투둑투둑 지붕을 치는 빗방울 소리를 듣는 일도, 비 오는 날나는 특유의 젖은 흙내음도 좋았다.

그 모든 순간이 뭉게와 함께여서 더 좋았다.

애정 표현2

뭉게는 내가 바닥에 누워 있을 때, 내 얼굴 냄새를 킁킁 맡고 뽀뽀를 해주는 것처럼 핥거나 때때로 엉덩이를 돌려 내 얼굴에 앉는다. 그리고 내가 일어날 때까지 가만히 그 자세를 유지한다.

강아지들이 엉덩이를 들이대거나 맞대는 것이
애정 표현이라고 하던데

얼굴에 앉는 너는 날 얼마나 사랑하는 걸까?

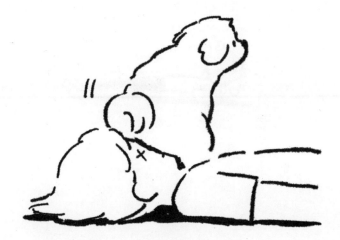

그래, 내가 너의 애정을 기꺼이 받아 줄게.

얼굴로 말이야.

음, 느낌은 나쁘지 않은 것 같아.

천년돌

뭉게는 아무래도 어떻게 하면
귀여워 보일지 너무 잘 아는 것 같다.

뭉게는 관심이 필요할 때
처음부터 "왕!"하고 부르지 않는다.
(자존심이 세서일까?)

혼자 빈방에 들어가 부스럭부스럭 소리를 낸다.
그 소리를 들은 내가 뭉게를 부르면
스윽 반만 얼굴을 내밀고 바라본다.

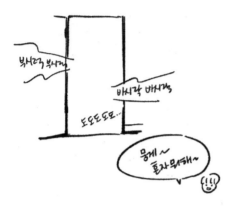

부엌 구석에서도
커텐 뒤에서도
테이블 기둥 뒤에서도 그런다.

왜 그럴까?
귀여운 척을 하는 걸까?
만약 아이돌이었다면 천년돌이 아니었을까?

웃기고 어이가 없어서 모른 척하면
발을 동동 구르며 징징댄다.
그 모습이 또 너무 귀엽다.

네가 없는 나
· 네가 없는 세상에 남겨진 ·
나를 상상해 보곤 해.
웃을 일이 너 하나인데
슬픈 일도 너 하나.

「나의 숨」 중에서

사순이

유독 뜨거운 여름이었다. 지방 작은 농장의 그늘막도 없던 철창 우리에서 평생을 살다 열린 문 사이로 더위를 식히러 계곡으로 나온 사자 사순이가 사살당했다는 뉴스를 보게 되었다. 나는 치미는 분노와 그만큼의 무력감에 머리를 감싸고 몸져누웠다. 하루 종일 사순이의 마지막 모습이 떠올라 괴로웠다.

원래 동물을 좋아하긴 했지만 아프리카의 다큐멘터리나, 동물들이 나오는 프로그램을 보며 귀여워하는 정도였던 내가 고통당하는 동물이나 환경과 관련된 뉴스에 분노하고 감정을 이입하게 된 건 뭉게 덕분이다. 나는 언젠가부터 미디어에 나오는 크고 작은 생명들에게서 뭉게를 겹쳐 보곤 한다. 초원을 뛰어노는 뭉게, 사냥을 하는 뭉게, 동물원의 뭉게, 수족관 속의 뭉게, 누군가에게 버림받고 길을 떠도는 뭉게… 나는 아마 앞으로의 삶에서도 그들의 맑은 눈에서 뭉게를 겹쳐 보곤 할 것이다. 아무런 대가도 바라지 않는 생명들에게 최소한 그들답게 살아갈 권리가 주어졌으면 좋겠다. 그리고 내가 할 수 있는 일이 있다면 기꺼이 돕고 싶다.

뭉게는 나와 살아서 행복했을까. 이 글을 쓰는 중에도 문밖에 앉아 날 기다리고 있는 뭉게를 보며 그래도 어느 정도는 행복했을 거라 믿고 싶어진다.

우주 정복자

뭉게의 눈은 동그랗게 빛나고
체온은 데운 우유처럼 따뜻하고 털은 부드럽다.
발바닥에선 구수한 냄새가 난다.

뭉게와 함께 있으면
나는 온 우주를 가진 정복자가 된다.

아지트

낡고 오래된 우리 집에는 뭉게의 아지트가 있다.

오래된 구옥인 우리 집은 특이하게 거실 작은 문을 열면 옥상 같은 쪽마루가 있다. 그리고 그곳엔 아빠가 가져다준 빛바랜 아이스박스가 있는데 뭉게는 그곳에 앉아서 볕 쬐는 걸 좋아한다. 코를 벌름거리고, 눈을 감고 제법 따뜻해진 바람에 실려오는 여러 가지 것들을 느끼는 모습이 아름답다.

몇 년 전까지만 해도 문만 열면 달려가 펄쩍 뛰어오르던 아이스박스를 이제는 내 도움 없이 올라가기 힘들어졌지만 이곳은 허름하고 낡은 이 집에서 가장 마음에 드는 나와 뭉게의 아지트이다. 그래서 나는 이 집이 좋다.

같은 아이스박스 위에 각기 다른 시간 속의 뭉게가 있다.
나는 모든 시간 속의 뭉게를 사랑한다.

아침 강아지 냄새

아침에 일어나 눈을 떴을 때
곁에서 푹 자고 난 후, 뜨끈하게 풍기는 강아지 냄새는
표현하기 어려운 행복을 안겨 준다.

마치 갓 구운 뜨끈하고 고소한 유기농 발효 빵 같기도 하고
구름을 뚝 떼어 만든 솜사탕을 품에 안은 것 같기도 하고
추운 날 아빠가 사온 붕어빵 같기도 하고
밀크팬에 정성스레 데운 우유 같기도 한 행복감.

오늘도 나는 뭉게의 몸에 코를 박고
한숨 크게 들이마신다.

좌식 의자

우리 집 거실에는 좌식 의자가 있는데
의자에 앉아 있으면 몇 분 뒤 반드시 뭉게가 온다.
내가 뭉게를 품에 가득 안고
토닥토닥하면 뭉게 눈이 먼저 감기고
뒤이어 내 눈이 감기고
그리고…

둘이 어느새 쿨쿨.

나오길 잘했다.
오늘만 있는 바람, 공기
내 팔 안에 오늘의 뭉게 구름 한 조각.

「9월 22일」 중에서

프랑스

마흔이 되면 프랑스에서 살고 싶다고 생각했다.
뭉게가 크게 아팠을 때, 생각한 것이다.
특별히 대단한 목표는 아니다.

그저, 나는
뭉게가 없는 곳에서
괜찮은 척하며 살 자신이 없다.
도망가고 싶을 뿐이다.

뭉게가 점점 나이 들고, 크고 작은 병들이 생기면서 나와 뭉게가 공유할 미래가 길지 않다는 걸 자각하게 되었다. 그리고 나는 뭉게가 떠난 후, 나의 삶에 대해 생각하기 시작했다. 일어나지 않은 일에 대해 미리 두려워하거나 슬퍼하는 일은 미련하고 부정적인 마음이지만 떨쳐 내기가 어려웠다. 막을 수 없는 아픈 이별이 다가온다. 언젠가는 일어날 일이다.

나는 그 이후의 내가 사람들의 위로에 담담히 웃으며 괜찮다고 할 것이란 걸 안다. 나는 그런 감정을 숨기는 일에 매우 능한 인간이니까. 하지만 이제 더는 그런 가식을 견딜 수 없을 것만 같다. 괜찮다는 말은 모두 거짓말이 분명할 테니까… 그래서 어디론가 혼자 도망갈 생각을 했다. 프랑스에선 예술인에게 비자를 준다는 이야기를 언뜻 들은 적이 있다. 아무도 나를 모르는 곳으로 가고 싶었다.

239

그런데 요즘 나는 조금씩 마음이 달라지고 있다. 이곳, 한국에서 뭉게와 내가 함께했던 이 장소에서 남은 가족들과 함께 다가올 슬픔을 온전히 견뎌 보기로… 그래야 나중에 다시 뭉게를 만날 때, 조금은 떳떳하지 않을까 하는……. 하루에도 수십 번씩 마음이 오락가락하지만 지금은 머릿속 수많은 생각들은 다 접어 두기로 했다.

우리는 이사를 간다

우리는 다음 달에 이사를 간다.

쪽마루로 나가는 문 앞에 서자
뭉게가 기다렸다는 듯 꼬리를 흔들었다.
나와 뭉게는 아이스박스가 놓여 있던 자리에서
가을에 물든 동네 풍경을 바라보았다.

오래된 집,
나무 창틀은 틈이 많아 벌레와 바람이 들이치고
장마철엔 내내 비가 새서 힘들었다.
하지만 이곳에서 우리는 좋은 추억이 많았다.
가을이 되면 청설모가 놀러 오고
감이 익어 홍시가 되면 산새들이 찾아왔다.
그리고 그 속엔 늘 뭉게가 있었다.

우리가 이사 가게 될 새로운 집에서도
한숨보단 웃음이 가득하길 바란다.

"뭉게야, 다음 집에서도 함께하게 되어 기뻐.
그곳에서도 잘 부탁해. 잘 지내 보자, 우리."

침대

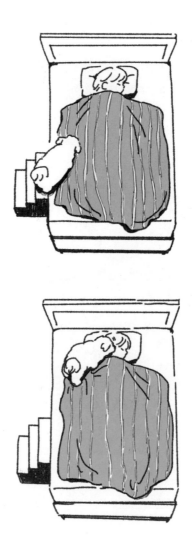

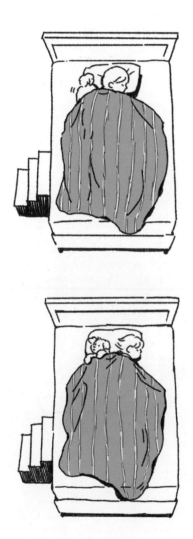

뭉게는 몸은 작은데 마음이 커다래서
침대도 베개도 전부 다 차지하나 봐.

담요

기온이 영하로 뚝 떨어졌다. 나는 적당히 톡톡하고 몸에 착 감기는 담요 한 장을 인터넷으로 주문했다. 며칠 뒤, 택배가 도착하자마자 세탁해서 널어 말려 뽀송한 향기가 나는 담요를 뭉게가 누워 있는 방석으로 가져가 둘둘 덮어 줬다. 책상에서 작업할 때, 다리가 시려서 산 담요지만 일단 담요는 무조건 뭉게를 한번 거치고 나야 비로소 내가 좋아하는 담요가 된다.

만약에 뭉게가 이 담요를 좋아한다면 뭉게 것이 되겠지만 (과거에도 그런 식으로 몇 개 빼앗겼다.) 이번 담요는 조금 거친지 그닥 좋아하는 눈치는 아니다. 뭉게의 따뜻한 숨과 체온이 밴 담요를 몸에 둘둘 감고 뭉게에 관한 글을 쓰고 있는 지금, 무척 행복하다. 이럴 땐 추워지는 날씨도 나쁘지만은 않다.

마음의 준비

뭉게의 여러 가지 수치가 지금보다 더 나빠진다면 어쩌면 그때는 마음의 준비를 해야 한다는 말을 들었다. 나는 생각보다 의연하게 "그렇군요"라고 대답했다. 언젠가 이런 말을 듣게 된다면, 나도 모르게 눈에서 눈물이 펑펑 쏟아지거나 머리에 벼락이 내리칠 거라 예상하며 나름의 대비를 해 왔는데 막상 그 말을 듣고는 건조한 한마디를 했을 뿐이다.

나는 앞으로 더 해줄 수 있는 것들이 있는지 물었다. 의사 선생님은 "충분합니다"라고 말했고 나는 또다시 마른 목소리로 "그렇군요"라고 대답했다.

예상보다 큰 충격을 받은 느낌은 아니었다. 그냥 머릿속이 빈 공간이 되었다. 텅 빈 상자가 되었다. 담요로 감싼 뭉게를 꼭 껴안고 병원을 나왔다. 순간 기분 좋게 따뜻한 온도와 구수한 살냄새가 빈 상자 안을 채워 주는 느낌이었다. 와중에도 나는 뭉게에게 의지했다.

여동생을 만나 병원에서 들은 말을 전해 주었다. 동생은 금세 눈물을 글썽이며 입꼬리를 삐죽였다.

반면 뭉게는 집 현관에 내리자마자 척척 걸어 다니며 물을 한 접시 참참 소리를 내어 마시고, 화장실에서 일을 보고 매트에 발까지 싹싹 닦고 나와 간식까지 야무지게 챙겨 먹었다. 그리고 피곤한지 침대에 올라가 납작 누웠다.

그런 뭉게를 보고 있으니 마음이 편안해졌다.
뭉게는 늘 그렇게 우리를 위로한다.

드리겠어요

주문을 외고 있다.

"제 수명을 드리겠어요."
"저의 10년을 드리겠어요."

사실은 전부 줄 수도 있는데…….

눈에 너를 가득 담고
내가 알고 있는 모든 언어로
나는 너를 사랑한다고,
사랑한다고 말한다.

「춤」 중에서

겨울 산책

무엇을 해도 잘 안 되는 우리 가족은 작년 가을, 살던 집의 전세 갱신을 못해 내쫓기듯 익숙한 듯 익숙하지 않은 옆동네로 이사를 왔다. 새로 이사 온 빌라가 있는 구 도심 골목은 볕이 잘 들지 않아서 기관지가 좋지 않은 뭉게는 겨울 내내 마음껏 산책을 하지 못했다.

담요로 코까지 꽁꽁 싸맨 뭉게를 안고 볕이 드는 곳까지 5분은 뛰어야 해가 있는 곳을 찾을 수 있었다. 나는 지금까지 가난이 원망스러운 적이 없었다. (물론 철모르던 학창 시절엔 약간의 부끄러움이 아예 없었다고는 못하겠지만) 그런데 올 겨울은 처음으로 우리가 서 있는 이 춥고 가난한 자리가 조금은 아쉽게 느껴졌다.

겨울에도 볕이 잘 드는 곳에서
뭉게와 함께하고 싶다.

발가락 털

뭉게가 자고 있는 동안 많이 자란 발바닥 사이의 털을
아빠의 뭉툭한 콧털 가위로 조심조심 잘랐다.

짧고 보송한 흰 털이 바닥에 소복히 쌓였다. 모인 털들을 모아 동그랗게 굴리니 작고 소중해졌다. 털 뭉치 하나도 그냥 보내 주기 아쉬우니 나도 참 병이다.

뭉게가 지금보다 조금 더 어렸다면 발을 만지는 순간 벌떡 일어나 이빨을 보이며 으르렁 성질을 냈을 텐데 지금의 뭉게는 발가락 털이 잘려 나가는지도 모르고 쿨쿨 꿈속에 빠져 있다.

미끄럼 방지를 위해 너의 발가락 털은 안녕.
좋은 꿈꿔, 뭉게야.

새벽 잠투정

모두가 잠든 새벽, 나는 그림 작업을 하다 반쯤 열어 둔 문 사이로 보이는 불 꺼진 거실에서 납작한 초록색 방석 위에 동그랗게 몸을 말고 잠든 작은 몸의 뭉게를 물끄러미 바라본다. 병증이 깊어지면서인지, 나이가 들어서인지는 모르겠지만 언젠가부터 뭉게는 밤에 깊게 잠들지 못하고 새벽에 이유 없이 자주 깨기 시작했다.

집 안을 훑듯 목적 없이 걷는 것 같다가 결국엔 유일하게 불이 켜져 있는 내 방을 찾아와 내 앞에 묵묵히 서 있곤 했다. (그래서 올해부터는 집에 낮은 미니 센서등을 여러 개 달았다.)

뭉게를 안아 초록색 방석에 눕히고 담요를 덮어 주어도 내가 등을 돌리면 바로 푸드득하고 일어나 쫓아온다. 그럼 나는 뭉게를 담요로 돌돌 말아 안아 들고 의자에 앉아 무릎에 올려놓은 채 작업을 계속한다.

잠시 후, 뭉게는 지겨워졌는지 내려 달라고 뒷발을 팡팡 구른다. 그렇게 다시 뭉게를 방석에 데려다 놓고 재웠다 싶으면 몇 분 뒤, 담요를 등에 걸치고 내 방으로 온다. 몇 번을 그렇게 반복하고 나면 뭉게는 스스로 방석으로 돌아가 내 방이 보이는 쪽을 향해 삼각형 귀를 늘어뜨린 모습으로 곤히 잠이 든다.

지금 나는 그 동그랗고 따뜻한 등을 물끄러미 보고 있다. 저렇게 푹 잘 때 뭉게는 무슨 꿈을 꾸고 있을까. 아프지 않는 꿈, 좋아하는 고구마와 배추를 마음껏 먹는 꿈, 초록색 방석이 아닌 푸르른 잔디를 마음껏 뛰는 꿈. 그 꿈속에 나도 있고 엄마도 있고 아빠와 동생들도 있어서 뭉게가 무섭거나 외롭지 않았으면 좋겠다. 그 순간 뭉게의 볼이 우물우물 움직인다. 무언가를 먹는 꿈을 꾸는 건 맞는 것 같아 웃음이 났다.

뭉게가 이렇게 편안한 잠을 잘 수만 있다면, 새벽에 시작되는 뭉게의 갑작스런 잠투정도 마냥 행복할 것만 같다.

버디 무비

내 책상 옆에 뭉게의 카시트용 쿠션을 가져다 놓았다. 내
작은 방에도 들어오는 크기에 뭉게가 동그랗게 쏙 들어
온다. 다른 식구가 없으면 뭉게는 내 방이자 작업실에 들
어와 쿠션에 자리를 잡고 누워 있는데 나는 그것만으로
도 마음이 든든해진다. 책상에 앉아 일하는 나와 쿠션에
자리잡은 뭉게의 모습이 마치 버디 무비의 베테랑 콤비
같은 느낌이 든다.

우리는 어디든 갈 수 있어. 그치?

변했다

뭉게가 변했다.
털도 부시시하게 나고, 많이 마르고 작아졌다.

무엇껐따

온종일 누워 있고 잠을 자는 시간이
깨어 있는 시간보다 월등히 길어졌다.
낮에 잠을 자고 새벽에 일어나 돌아다닌다.

그렇게 좋아하던 산책 가자는 말에도 시큰둥하고
그렇게 싫어하던 강아지 친구들과
어린아이들에게도 더 이상 짖거나 하지 않는다.
이제는 뛰지 않고 천천히 느릿느릿 걷는다.

그렇지만 변하지 않은 것들이 더 많다.

손을 가져다 대면 얼굴을 비비는 것,
택배 박스를 개봉할 때
제일 먼저 와 있는 호기심 대장,
이제는 지병 때문에 많이 먹지 못하는
고구마에 대한 열정,
누군가의 얼굴이 가까우면
뽀뽀해 주는 것

그리고 서로를 많이 아끼고 사랑하는 것.
중요하고 소중한 것들은 변하지 않았다.

우주 엔딩 에필로그

아득하고 끝이 없는 우주의 시간 속에서 인간의 삶은 찰나에 불과하다고 한다. 심지어 45억 년이라는 지구의 나이를 하루로 환산했을 때, 유인원부터 시작한 인간의 시간은 고작 3초라고 하는 걸 보면 현재를 살고 있는 내가 어찌나 먼지 같은 존재인지 고개가 절로 떨구어진다.

하지만 이런 생각도 든다. 삶이 반짝이는 빛이라고 가정했을 때, 우주 단위에서 본다면 뭉게와 나의 삶의 길이는 비슷하겠지만 왠지 뭉게의 삶이 더 밝고 강렬할 것 같다는 생각.

어린 시절부터 나는 내가 가늠할 수 없는 커다랗고 공허한 검은 우주 공간 속 먼지로 살고 있다고 생각하면 몸속이 텅 빈 것 같은 허무함과 발가락 끝이 차가워지는 듯한 불안을 느꼈다. 미지의 공간에 대한 두려움보다는 어쩐지 내 존재 자체가 부정되는 것 같은 느낌. 잠이 드는 것을 방해하고 뒤척이게 하는 정답이 없는 번뇌.

그런데 강아지와 함께 살면서 그런 감정을 잘 느끼지 않게 되었다. 몸집은 작지만 넘치는 에너지와 긍정으로 삶을 살아가는 하얀 털 뭉치. 나는 그 작은 존재를 내 삶을 다 바쳐 사랑하게 되면서 더는 우주를 떠돌지 않게 된 것이다. 나는 뭉게를 만나 사랑함으로써 우주의 먼지에서 비로소 진정한 의미의 '존재'가 되었다.

뭉게라는 이름의 하얀 강아지가 있었다.
그가 있던 모든 시간과 공간이 찬란하게 빛났다.
그 안에서 나는 더할 나위 없이 행복했다.

나의 우주, 뭉게
2008.02.14 - 2024.01.10

너에게 배운 예를 들면 고구마를 대하는 자세

1판 1쇄 발행 2024년 3월 30일
1판 4쇄 발행 2024년 12월 5일

지은이   예예
펴낸이   양승윤

펴낸곳   (주)와이엘씨
출판등록   1987년 12월 8일 제1987-000005호
주소   서울특별시 강남구 강남대로 354
              혜천빌딩 15층 (우)06242
전화   02-555-3200
팩스   02-552-0436
홈페이지   www.ylc21.co.kr

ⓒ 2024 예예
ISBN 978-89-8401-857-0 03810